追赶白色的
自行车

［日］松井爱子　著
［日］狩野富贵子　绘
高雪莲　译

PHP

CTPH　中国出版集团
中译出版社

"姐姐，今天陪我玩哦！"

"不行啊，优香，我已经和大家约好了！"

成为三年级学生，买了新自行车后，姐姐每天都跟朋友一起出去玩。

"我也去！"

"不行，不行，优香带辅
助轮的自行车跟不上的！等你
会骑不带辅助轮的自行车后，
再带你玩！"

优香噘起了小嘴。

"我不敢啊！姐姐去掉辅助轮练习的时候，也一次次地摔跤呢！"

"这样的话，那你就一直看家吧！优香也已经一年级了，自己试着去下附近的公园吧！我走了！妈妈打零工回家之前我要赶回来的。"

姐姐骑上崭新的白色自行车，一眨眼工夫，就消失在马路对面。

"为什么不能一起去嘛……"

以前无论去哪儿，姐姐都会带上优香的。

第二天，从学校回来的优香，唉声叹气地打开了大门。

8

（今天又会被撇下不管了吧……）

就在这时，优香发现鞋柜和伞架的中间，好像掉落了什么东西。

原来是姐姐的自行车钥匙。

正要捡起来，优香突然冒出一个念头："如果没有这把钥匙……"

优香悄悄地捡起了钥匙，将它紧握在手中。

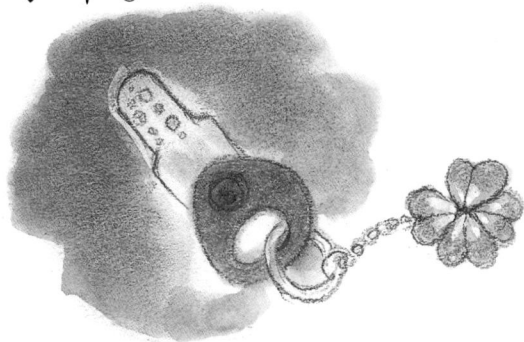

姐姐从学校回来的时候，优香正在客厅吃点心。

咬口曲奇，喝口牛奶——但是，一点儿滋味都没有。

优香好像能听到自己怦怦的心跳声。

姐姐走进客厅问优香："看到我的自行车钥匙了吗？"

优香的心跳得更快了。

"没有啊！"优香按捺着
内心的紧张低声地回答。

"真奇怪啊！明明是放在
鞋柜上的。哎，优香也帮我找
找吧！"

　　伞架四周、鞋柜后面、书
桌下面、洗手间、沙发底下……
这些边边角角姐姐全都找遍了。

　　优香也假装翻找的样子。

　　"小绫，还没好吗？"

　　外面传来了姐姐朋友的
声音。

"对不起，今天去不
了了。"

送走了朋友，姐姐悄
悄用手抹了抹眼角。

优香不自觉地移开了
视线。

"姐姐，我们玩超人
巴特尔的游戏吧！今天肯
定我赢！"优香尽可能爽
朗地说着，抱住了姐姐。

优香完胜。

姐姐一边玩游戏，一边心
不在焉地一会儿翻翻靠垫后
面，一会儿瞅瞅钢琴底下——
这样玩着玩着，优香就赢了。

（一点儿也不高兴，一点儿也没趣儿……）

接着无论是画画还是玩布娃娃，优香都觉得没劲。

"自行车的钥匙找不到了。家里都找遍了，也没找到。"

妈妈打零工回来后，姐姐带着哭腔跟妈妈说。

（怎么办呢？快点还给姐姐吧！）优香的心里犯起了嘀咕。

"说不定什么时候就会找到的！"妈妈一边

说着一边轻轻拍着姐姐的肩膀，拉开了橱柜的抽屉。然后，像变魔术一样，拿出了闪着银光的钥匙。

"这是备用钥匙哦！不过，要是再丢了，可就没法骑车喽！"

"哇！绝对不会再丢了！"姐姐神采奕奕地接过了钥匙。

（什么？还有一把钥匙呢……）

优香带着又解脱又失望的心情，悄悄地回到自己的房间。

然后，把口袋里的钥匙塞进了自己书桌抽屉的最里面。

"今天去邻街的体育公园!"

第二天，看着兴冲冲外出的姐姐，优香一句话也说不出来。

（要是没有新自行车就好了……）

在寂静无声的家里，优香趴在沙发上，不知不觉地睡着了。

"优香，会感冒的哟！小绫还没回来吗？"

妈妈的声音

唤醒了优香。

姐姐第一次比妈妈回来得还晚。

优香和妈妈一起出去找姐姐了。

正在这时，她们看到姐姐正有气无力地从马路对面走过来。

没骑自行车。

"自行车丢了！放在体育公园入口处……没上锁，钥匙就挂在车上，我怕带着弄丢了……再丢了怎么办……"

看着哇哇哭起来的姐姐，优香的腿都哆嗦了。

第二天，优香从学校一回来，就从车库取出了粉色的自行车。

"咔嗒嗒、咔嗒嗒——"辅助轮自行车发出了声响。

优香小心地看了看家门前的马路，深吸一口气，踩上脚踏板出发了。

"咔嗒嗒、咔嗒嗒——"

（姐姐的自行车会在哪儿呢？）

附近的公园里也经常停放着自行车。

优香向那边骑去。

但是，那里停着的自行车全是带辅助轮的。

"喂，优香！一起玩吧！"

正在荡秋千的女孩跑了过来。

"对不起啊，美佳。今天不行。哦，对了，你看到一辆白色的自行车了吗？新的，不带辅助轮

的。我正在找！”

“啊？不知道。哦，车站前面超市的自行车停放处那儿有吗？那儿经常停满了自行车！”

优香也经常和妈妈一起去车站前的超市买东西。

“对啊！我去看看，谢谢！”

“优香，下次一起玩哦！”

美佳远远地挥了挥手。

超市的自行车停放处果然停满了自行车。

"咔嗒嗒、咔嗒嗒——"

优香从一头开始，转圈看了个遍。虽然有几辆白色自行车，但是没找到带有"花泽绫"名字的。

车站附近的商业街里，也到处停满了自行车，可还是没有姐姐的自行车。

优香的额头上渗出了汗。一直紧握车把的手好像有些发麻，腿也变得越来越沉重了。

"啊，花泽也来买东西吗？"有人打招呼，优香回头一看，原来是同班的吉田。

优香吃惊地瞪大了眼睛。

一年级学生中个头最小、最爱哭的吉田，竟然骑着一

辆不带辅助轮的自行车。

"妈妈让我买东西呢！
对，这个，给你。刚才药店
的人给了我两个。"吉田给
了优香一块糖果，很快地骑
走了。

（连吉田都能骑不带辅助轮的自行车了……）

优香把糖果放进嘴里，有点淡淡的酸柠檬味。

42

优香用力一蹬脚踏板，
又"咔嗒嗒、咔嗒嗒"地向
前骑去。

穿过商业街，人和自行车忽然都变少了。宽阔的河面上横跨着一座大桥，过了桥，左手边就是体育公园。

这是一个大公园，里面有长长的滑梯和各式各样的体育健身器材。在这之前，优香只是坐爸爸的车来过。

优香在桥的前面停了下来。就在这时，一辆白色的自行车从优香旁边驶过。

（好像姐姐的自行车啊！）

优香不顾一切地蹬起脚踏板追去。

白色自行车放慢速度过了桥。

虽然拼命蹬着脚踏板，优香依然追不上。驶过桥的白色自行车加快了速度，优香也以最快的速度蹬着自行车。

"咔嗒咔嗒、咔嗒咔嗒、咔嗒咔嗒——"

　　在要转弯的时候，优香的身体突然失去了平衡。

"哐当！"

一声巨响，优香和自行车
一起倒在了地上。

"你没事吧？"

白色自行车返了回来，骑车的女孩扶起了优香。

优香凑近一看，自行车上有条银色的线，跟姐姐的不一样。

女孩在体育公园的饮水处，帮优香清洗了擦伤的膝盖。

"谢谢……对不起……"

优香小声嘟囔着。

女孩走后，优香坐到了草地上。擦破皮的地方隐隐作痛。

公园里有很多小朋友在快乐地玩耍着。

但是，优香一个小朋友都不认识，她觉得自己仿佛来到了一个非常遥远的地方，感觉孤零零的。

优香眼眶发热，泪水一点点涌了上来。她抱着膝盖，把脸埋了下去。

"优香！找到你了！"

优香被大叫声吓了一跳。她抬头一看，姐姐气喘吁吁地站在眼前。

　　"姐姐……你怎么在这儿？"

"发现你不在家，所以出来找，美佳告诉我你去找自行车了！怎么来这儿了……到底怎么了？"

优香紧闭双唇，低下了头，眼眶变得更热了。

"怎么不说话啊？我们好担心你！"

优香的眼里禁不住溢出了泪水："可是，姐姐的自行车丢了，都是我的错！"

姐姐吃惊地盯着优香。

"因为钥匙挂在车上，所以自行车丢了，不是吗？因为前天钥匙丢了，所以姐姐才把钥匙挂车上的吧？"

优香紧紧攥住裙子的下摆，抬头看着姐姐说："前天，那是……那是因为我把钥匙藏起来了。"

姐姐的脸色变得有点吓人。

但是，优香鼓足勇气继续说道：

"可是，最近，姐姐总是把我丢

下不管……如果姐姐骑不了车，就会陪我玩了。不过，就因为这个，把自行车搞丢了……对……对不起……"

优香最后的哭诉，因为声音嘶哑，断断续续地，而眼泪却滴滴答答地落了下来。

姐姐的表情既像是发怒，又像是为难。她盯着优香，突然挥起拳头，伸向吓得缩成一团的优香的眼前。

　　姐姐打开的手掌中有把银色的钥匙。

　　"你知道我怎么来这儿的吗？自行车找到了！我从学校回来的时候，邻居送回来的。说是带着狗狗散步的时候，在空地上发现的。上面写着我的名字和住址，才知道是我的。"

这次轮到优香发呆了。

姐姐用手绢擦干优香沾满泪水的脸庞。

"已经到了这儿，很难得，玩会儿再回去吧！"

夕阳西下，晚霞满天，姐妹俩一前一后地骑着自行车，踏上了回家的路。

　　"咔嗒嗒、咔嗒嗒——"姐姐在前面慢慢地、慢慢地蹬着脚踏板。其实，她可以骑得

更快些，但为了等待紧跟在后面的优香，她故意放慢了速度，还时不时地回头看看优香。

优香望着姐姐的背影，回想着今天所发生的事情，擦伤的膝盖也不觉得疼了。

优香坚定地点了点头，大声说："我也要骑不带辅助轮的自行车！"

追赶着白色自行车，优香用力地蹬着脚踏板……

图书出版编目（CIP）数据

追赶白色的自行车 / (日) 松井爱子著；(日) 狩野
富贵子绘；高雪莲译. -- 北京：中译出版社, 2017.1
（值得珍藏的童话系列）
ISBN 978-7-5001-5021-3

Ⅰ. ①追… Ⅱ. ①松… ②狩… ③高… Ⅲ. ①童话－
日本－现代 Ⅳ. ①I313.88

中国版本图书馆CIP数据核字（2016）第296409号

北京版权局著作权合同登记
图字：01-2016-2332

SHIROI JITENSHA OIKAKETE
Text copyright © 2014 by Rafu Matsui
Illustrations copyright © 2014 by Fukiko Karino
First published in Japan in 2014 by PHP Institute, Inc.
Simplified Chinese translation rights arranged with PHP Institute, Inc.
through CREEK & RIVER CO.,LTD. and CREEK & RIVER SHANGHAI CO., Ltd.

出版发行：中译出版社
地　　址：北京市西城区车公庄大街甲 4 号物华大厦 6 层
电　　话：（010）68359376；68359827（发行部）；68357328（编辑部）
传　　真：（010）68357870
邮　　编：100044
电子邮箱：book@ctph.com.cn
网　　址：http://www.ctph.com.cn

总 策 划：张高里
策划编辑：高雪莲　于建军
责任编辑：高雪莲　郭宇佳
装帧设计：水长流

印　　刷：北京盛通印刷股份有限公司
经　　销：新华书店

规　　格：880mm × 1230mm 1/32
印　　张：2.5
字　　数：8 千字
版　　次：2017 年 1 月第 1 版
印　　次：2017 年 1 月第 1 次

ISBN 978–7–5001–5021–3　　　　　定价：19.80 元